POUR L'AMOUR
D'UN CHEVAL

BIOGRAPHIE

Bonnie Bryant est née et a grandi à New York où elle vit toujours aujourd'hui avec son mari et ses deux enfants. Elle est l'auteur de nombreux romans pour la jeunesse mais aussi de novélisation de scénarios de films comme *Chérie, j'ai rétréci les gosses*. La série Grand Galop est née de la passion de Bonnie Bryant pour les chevaux. Cavalière expérimentée, elle dit néanmoins que les héroïnes du Grand Galop, Lisa, Steph et Carole sont de bien meilleures cavalières.

Avis aux lecteurs

Vous êtes nombreux à nous écrire
et nous vous en remercions.
Pour être sûrs que votre courrier arrive,
adressez votre correspondance à :

Bayard Éditions Jeunesse
Série Grand Galop
3/5, rue Bayard
75008 Paris

GRAND GALOP

POUR L'AMOUR
D'UN CHEVAL

BONNIE BRYANT

TRADUIT DE L'AMÉRICAIN
PAR SMAHANN BEN NOUNA

SEPTIÈME ÉDITION

BAYARD JEUNESSE

Un grand merci à Catherine Hapka,
qui m'a aidée à écrire ce livre.

Titre original
SADDLE CLUB n°30
Autumn Trail

© 1993, Bonnie Bryant Hiller
© Illustration de couverture, 1998, Guy Forgeois
Tous droits réservés. Reproduction même partielle interdite.
© 1998, Bayard Éditions
pour la traduction française avec l'autorisation de
Curtis Brown, Ltd
© 2001, Bayard Éditions Jeunesse
Loi n°49 956 du 16 juillet 1949
sur les publications destinées à la jeunesse.
Dépôt légal janvier 2001

ISBN : 2 747 001 65 2

Avertissement

Que tu montes déjà à cheval ou que tu en rêves,
que tu aimes le saut d'obstacle, la randonnée
ou la vie des écuries,
la série **Grand Galop** est pour toi.
Viens partager avec Carole, Steph et Lisa,
les secrets de leur centre équestre préféré.

Le Club du Grand Galop

Carole, Steph et **Lisa**
sont les meilleures amies du monde.
Elles partagent le même amour des chevaux
et pratiquent leur sport favori au centre équestre
du Pin creux. C'est presque leur unique sujet
de conversation. À tel point qu'elles ont créé
en secret le Club du Grand Galop.
Deux règles à respecter pour en faire partie :
être fou d'équitation
et s'entraider coûte que coûte.

1

– Vous n'allez jamais me croire, les filles, mais je suis bien contente que cette promenade se termine, souffla Carole Hanson.

Le cou enfoncé dans les épaules, elle claquait des dents.

Ses deux meilleures amies, Stéphanie Lake et Lisa Atwood, la regardèrent, étonnées.

– Quoi ? protesta Steph. C'est toi qui dis ça ? Toi qui n'es jamais fatiguée ?

– Très drôle, rétorqua Carole. Je ne suis pas

fatiguée, mais à moitié congelée. La prochaine fois, j'écouterai le bulletin météo, et je mettrai des vêtements plus chauds !

Les trois amies sillonnaient les sentiers du centre équestre du Pin creux.

Elles y prenaient des leçons d'équitation.

Le temps était inhabituellement froid pour une mi-novembre.

– Je n'arrive pas à croire qu'on gèle autant alors qu'on n'a pas encore fêté Thanksgiving, intervint Lisa. Si ça continue, il fera moins quarante en janvier !

– J'ai l'impression qu'il fait déjà moins quarante ! déclara Carole.

Comme pour approuver sa cavalière, Diablo s'ébroua en projetant un nuage de vapeur dans l'air glacial.

– Vous voyez, Diablo est d'accord avec moi, reprit-elle.

– Non, ce n'est pas ce qu'il a dit, corrigea Steph en souriant malicieusement. Il pense que tu es une égoïste. Je te rappelle que c'est un cheval, et qu'un cheval a besoin d'exercice par tous les temps !

– Tu as raison, approuva Carole en flattant le cou de l'animal. Désolée, mon grand.

Carole, propriétaire de Diablo, prenait très au sérieux ses responsabilités.

– Je suis sûre qu'il serait d'accord pour que nous trottions un peu, reprit Steph. On descendra de cheval dès qu'on aura atteint la prairie.

– C'est une excellente idée, approuva Carole, enthousiaste.

– Et si on piquait plutôt un petit galop, proposa Lisa. Ça nous réchauffera.

– Allons-y ! s'écria Steph en talonnant sa monture.

Lorsqu'elles quittèrent les bois, les trois amies ralentirent l'allure puis se remirent au pas.

Lisa tourna la tête, cherchant des yeux le vieux Pepper. C'est sur son dos qu'elle avait appris à monter. Depuis, il était resté son cheval préféré. Il coulait maintenant des jours paisibles dans le pré et profitait d'une retraite bien méritée.

Aujourd'hui, pourtant, ce pré n'avait pas l'air très confortable. Rien qu'à le regarder, on risquait d'attraper un rhume. Lisa devina au loin la silhouette de son vieux compagnon. Il se tenait près de la clôture, du côté des écuries, une couverture de laine sur le dos. Il penchait la tête vers l'herbe grisâtre, mordue par le gel. Il semblait triste et abattu.

– Hé, les filles, vous avez vu ! s'écria Lisa.

Carole et Steph se chamaillaient à propos de la longueur de leurs étriers. Mais quelque chose dans la voix de Lisa les força à se retourner.

– On ne peut pas laisser Pepper passer la nuit dehors, continua celle-ci. Sinon, il risque de tomber malade.

– Tu as raison, acquiesça Carole. Ça m'étonne que Max ne l'ait pas déjà rentré.

– Je lui demanderai si on peut le ramener dans son box pour la nuit.

Lisa était inquiète. D'habitude, Pepper trottinait joyeusement vers elle dès qu'il l'apercevait. Mais, aujourd'hui, il ne bougeait pas. Il restait dans son coin, la tête basse. Ça ne lui ressemblait pas.

« C'est sans doute à cause du temps, voilà tout », se raisonna-t-elle.

– Hé, Lisa, j'espère qu'il y a du chocolat chaud chez toi, demanda Steph en la tirant de ses pensées moroses.

Les filles avaient décidé d'aller chez les Atwood pour se détendre après leur promenade à cheval.

– Carole et moi avons une faim de loup.

Lisa leur sourit. Mais elle avait du mal à oublier l'image de Pepper, triste et immobile dans le froid de novembre.

2

Confortablement installées dans la chambre rose et blanche de Lisa, les trois amies savouraient le délicieux breuvage.

— On est bien ici. Il fait bon…, soupira Carole, en s'enfonçant profondément dans le fauteuil.

— Je suis sûre que Pepper pense à moi, fit soudain Lisa. Il avait l'air si heureux d'être ramené dans son box ! Bob aurait dû le faire plus tôt.

Bob O'Maley était le palefrenier du Pin creux.

— J'espère que Pepper est moins triste maintenant, ajouta-t-elle, pensive.

— Au fait, l'interrompit Carole, vous avez vu, Bob a entraîné Typhon !

— Oui, heureusement, répondit Steph.

Typhon était un pur-sang fougueux. Il appartenait à Veronica Angelo, une fille riche, gâtée et passablement snob. Elle prenait des cours d'équitation au Pin creux et fréquentait la même école privée que Steph. Veronica avait la mauvaise habitude de faire faire ses corvées par n'importe qui — et en particulier, par le palefrenier qu'elle considérait comme son domestique.

— On n'a pas beaucoup vu Veronica, ces derniers jours, continua Steph. Le pauvre Typhon s'ennuie à mourir. Si Bob n'était pas là pour le faire courir régulièrement, il deviendrait enragé, enfermé dans son box !

— Un si beau pur-sang, murmura Carole en secouant la tête.

L'adolescente n'avait aucune pitié pour les

cavaliers qui délaissaient leur monture. Et Veronica en faisait malheureusement partie. Ses négligences répétées étaient connues dans tout le centre. Carole n'arrivait pas à comprendre ça. Comment pouvait-on traiter ainsi ce magnifique étalon, noir et luisant, comme l'ébène?

– Cette fille ne devrait pas avoir le droit d'approcher une écurie. Elle ne pense qu'à elle, jamais à ses montures!

– De toute façon, il va bien falloir qu'elle vienne, intervint Lisa. Max l'attend lundi prochain. Le maréchal-ferrant pose les nouveaux fers de Typhon, ce jour-là.

– Max espère toujours en faire une cavalière responsable, dit Steph. Il est bien naïf...

– Si j'étais lui, rétorqua Carole, j'aurais compris depuis longtemps que le cas de Veronica est désespéré. Cette fille n'apprendra jamais rien parce qu'elle ne veut rien apprendre.

– Tiens, en parlant d'« apprendre », fit Steph, lundi, on donne une pièce de théâtre à l'école, pour Thanksgiving. Beurk! L'an dernier, c'était tellement rasoir que la moitié du public s'est endormi, même la prof!

Carole et Lisa éclatèrent de rire. Toutes deux allaient à l'école publique de Willow Creek.

– Oui, mais c'est sympa de jouer dedans! protesta Carole.

– Si tu l'avais vue, tu ne dirais pas ça, répliqua son amie. Ça parle de Thanksgiving et de son symbole, mais ça n'a absolument rien à voir avec sa véritable signification.

– Qu'est-ce que tu veux dire? demanda Lisa. De quoi parle cette pièce?

– C'est toujours la même histoire. Dans la première scène, les colons quittent l'Angleterre, traversent l'océan et jettent l'ancre en Amérique. Dans la deuxième, les Indiens les accueillent et les aident à semer le grain. Enfin, les colons les remercient et ils s'assoient tous ensemble autour d'un banquet.

– C'est exactement ce qui s'est passé, fit remarquer Carole.

– Oui, reprit Steph, mais à l'époque les colons étaient reconnaissants envers les Indiens de les avoir aidés à survivre. Aujourd'hui, les gens ne veulent pas se souvenir de cet acte de solidarité. Alors que c'est ce qu'il y a de plus important.

Carole et Lisa échangèrent un regard perplexe. D'habitude, Steph ne se tracassait pas pour ce genre de choses.

— Il ne faut pas se contenter de jouer une pièce de théâtre, continua Steph, ça doit se traduire par des actes concrets.

— Des actes concrets ? C'est quoi exactement ? demanda Carole, de plus en plus perplexe. Quelque chose comme organiser une collecte de boîtes de conserve ?

— Oh, arrête avec ça ! la coupa Steph. Tu sais très bien comment ça se passe. Les enfants attendent la dernière minute pour fouiller dans leur cuisine et récupérer les boîtes dont personne ne veut plus. Refiler aux pauvres un tas de vieilles boîtes de haricots périmées, tu appelles ça de la solidarité ?

Carole et Lisa échangèrent un regard entendu : leur amie avait une idée derrière la tête pour réagir aussi violemment.

— Qu'est-ce que tu proposes alors ? l'interrogea Lisa.

– Enfin une bonne question ! Eh bien voilà, on devrait faire quelque chose de bien pour Thanksgiving. Une action généreuse, une bonne action, quoi !

– Par exemple ? demanda Carole.

Steph avait réussi à piquer sa curiosité.

– Par exemple, rendre service à quelqu'un sans rien attendre en retour. Et ne pas faire simplement comme nos parents. Eux, la collecte les arrange bien parce que ça leur permet de faire le ménage dans leurs placards.

Ses copines acquiescèrent.

– Il faudrait agir gratuitement. Faire un petit sacrifice. Vous voyez ce que je veux dire ?

Carole secoua la tête.

– C'est peut-être une bonne idée, mais je ne vois pas trop ce que je pourrais faire.

– Moi non plus, renchérit Lisa.

– Moi, je vous promets de trouver une idée, dit Steph, obstinée. Ça rappellera la gentillesse et la générosité des Indiens. Je ne sais pas encore à quoi ça ressemblera, mais j'inventerai quelque chose avant les vacances !

Carole, Lisa et Steph avaient cinq jours de vacances pour Thanksgiving. À cette occasion, Steph et ses trois frères devaient partir chez une de leurs tantes.

– Moi aussi alors, fit Lisa, convaincue.

– D'accord, dit Carole, emportée par l'enthousiasme de ses amies. Voilà un nouveau défi pour le Club du Grand Galop.

Le visage de Steph s'illumina.

– Génial ! s'exclama-t-elle. Même si les autres pensent qu'il suffit de jouer une pièce et de manger de la dinde pour fêter Thanksgiving, nous, nous prouverons que nous pouvons faire beaucoup mieux.

– Défi relevé ! déclara Carole.

Les membres du Club du Grand Galop portèrent un toast puis s'installèrent confortablement dans leur fauteuil pour terminer leur savoureux chocolat.

3

Dès la sortie de l'école, le lundi après-midi, Carole courut au Pin creux. Le maréchal-ferrant devait changer les fers de Diablo en même temps que ceux de Typhon. Pour rien au monde elle n'aurait manqué ça.

Plus tard, elle désirait exercer un métier ayant un rapport avec les chevaux, mais elle ne savait pas encore si elle serait entraîneur, propriétaire, vétérinaire, cavalière – ou tout cela à la fois.

Elle se laissait aller à ces pensées lorsque, arrivant dans les écuries, elle se heurta à Veronica Angelo.

— Oh, désolée ! s'excusa Carole. J'étais dans les nuages et je ne t'ai pas vue arriver.

Carole s'attendait à se faire insulter, mais, bizarrement, Veronica se contenta de hocher la tête.

— Ce n'est pas grave.

Carole n'en revenait pas ! D'habitude, Veronica ne supportait pas qu'on se mette en travers de son chemin, et ne perdait jamais une occasion d'être désagréable.

— Tu es là… pour voir le maréchal-ferrant ? hésita Carole.

Elle ne parvenait pas à croire que Veronica se soit dérangée pour l'occasion.

— Oui, d'ailleurs Max est avec lui. Ils vont s'occuper de Diablo puis de Typhon.

— Oh…, bredouilla Carole. Tu vas rester pendant qu'Alec ferre Typhon ?

— Bien sûr. Max m'a demandé de venir.

Carole était de plus en plus étonnée :

— Tu as déjà vu un maréchal-ferrant au travail ?

– Évidemment, répondit Veronica.

– Bonjour, jeunes filles, dit Max. Veronica, je te présente Alec McAllister.

Le visage du maréchal-ferrant aux cheveux rouge feu se fendit dans un large sourire.

– Ravi de te rencontrer, dit-il en serrant énergiquement la main de Veronica.

Carole, qui le connaissait déjà, alla chercher Diablo dans son box puis l'attacha à la rampe du large couloir. Elle donna une tape affectueuse à son cheval, puis recula pour laisser la place à Alec.

– Au travail ! annonça-t-il.

Veronica avait l'air de s'ennuyer ferme. Carole décida donc de commenter et d'expliquer les gestes du maréchal-ferrant.

– Regarde, Alec a enlevé les vieux fers, et maintenant il inspecte les sabots pour vérifier qu'ils sont sains. Ensuite, il va retirer les matières mortes des fourchettes. Tu vois, la fourchette, c'est la partie qui dépasse à l'arrière du sabot...

– Merci, je sais ce que c'est, une fourchette, répliqua Veronica d'un ton irrité.

– Pardon, j'avais oublié…, fit Carole. Et quand il aura terminé de couper les bords abîmés, Alec va limer le sabot pour l'égaliser.

Quand le maréchal-ferrant reposa la lime, elle reprit :

– Maintenant, il n'a plus qu'à fixer les fers. Ils sont forgés sur mesure pour Diablo…

– Tu veux dire que les chevaux ont des pointures ? demanda Veronica, qui commençait enfin à montrer un peu d'intérêt.

– Bien sûr. C'est comme quand tu essaies des chaussures dans un magasin…

– Ah, oui, lança Veronica. Je déteste quand ils n'ont pas ma pointure. D'ailleurs, maman dit toujours que…

– Hum, hum…, l'interrompit Carole, craignant que Veronica ne se lance dans des explications inintéressantes. Tu sais, leurs fers sont plus importants que nos chaussures parce qu'une blessure, même petite, peut avoir de très graves conséquences pour un cheval…

– Oui, je sais, le fer doit lui aller comme un gant, fit Veronica, en levant les yeux au ciel.

Cette « leçon » aussi commençait à l'embê-
ter sérieusement. Mais Carole, passionnée
par le sujet, continua comme si de rien
n'était :

– Pour fixer les fers, Alec utilise des clous
qu'il fait passer dans les trous du fer ; puis il
les plante dans le sabot. Le cheval ne sent
rien – comme toi quand tu te coupes les
ongles. Et voilà, regarde le travail ! Il a des
fers flambant neufs !

– Pfff, soupira Veronica. C'est long et com-
pliqué, ton truc.

Agacée, Carole décida de changer de sujet :

– Dis-moi, Veronica, qu'est-ce que vous allez
faire pour Thanksgiving, tes parents et toi ?

– Mes parents vont en Floride pour le week-
end.

– Whaou !

Colonel dans les marines, le père de Carole
avait un salaire correct, mais il n'avait pas
les moyens d'offrir à sa fille un week-end
pareil.

– C'est super ! Ils ont une de ces chances !
Pouvoir fuir le froid… Tu y es déjà allée ?

– Bien sûr, répondit Veronica, comme si c'était une évidence. Seulement, cette fois, je reste ici...

– Quoi ? Tes parents te laissent toute seule pour Thanksgiving ? s'écria Carole.

Le visage de Veronica s'assombrit, et Carole regretta sa maladresse.

– Je suis désolée, je ne voulais pas...

– Non, tu n'y es pour rien. Ce n'est pas ta faute si mon père fait passer ses voyages d'affaires avant les fêtes familiales.

– Mais pourquoi ne pars-tu pas avec eux ? Vous seriez ensemble, au moins.

Les Angelo avaient suffisamment d'argent pour inviter tous les cavaliers du Pin creux et leurs chevaux en week-end, si l'envie leur en prenait !

– Je ne suis pas prévue au programme..., murmura Veronica. En fait, un client de papa a une maison là-bas. Il a invité mon père, son associé et leurs femmes. Les enfants ne peuvent pas venir.

– C'est dommage. Thanksgiving est une fête de famille !

– Papa dit que ce type est anglais et qu'il ne sait pas à quel point c'est important pour nous. Il ne s'est pas rendu compte que son invitation tombait ce week-end. Résultat : je vais passer Thanksgiving avec la cuisinière et le chauffeur.

– Heureusement, ils sont gentils, remarqua Carole qui connaissait Mike, le chauffeur.

– Oui, je les aime bien, mais ils préféreraient sûrement passer la fête dans leur propre famille. Ils obéissent à mon père. Il va probablement tripler leur salaire pour nous avoir rendu ce service !

La bouche de Veronica dessina un sourire mi-triste, mi-moqueur :

– Une offre pareille, ça ne se refuse pas !

Touchée par la peine de Veronica, Carole réalisa qu'elle avait envie de la consoler ; même si jusqu'alors elle la considérait comme une peste.

Jamais elle n'avait pensé que Veronica puisse être vulnérable. Elle avait tout pour être heureuse : une maison avec piscine, de beaux vêtements, de l'argent de poche à volonté, et surtout Typhon, son magnifique pur-sang arabe. Les Angelo cédaient à tous les caprices de leur fille unique pour avoir la paix. Carole, elle, avait un père attentif qui savait l'écouter quand elle avait des soucis.

Soudain, une idée lui traversa l'esprit. En aidant une personne qu'elle n'aimait pas, elle accomplirait un geste de pure générosité. Voilà qui correspondait exactement au projet du Club pour Thanksgiving !

– Hé, Veronica ! s'exclama-t-elle, sans savoir vraiment ce qu'elle allait proposer. Pourquoi… pourquoi tu ne viendrais pas passer le week-end chez moi ? Je suis sûre que mon père serait d'accord.

Veronica n'en croyait pas ses oreilles. Elle fronça les sourcils d'un air soupçonneux, puis pensif. S'apprêtant à refuser l'invitation, elle changea finalement d'avis.

– Eh bien, d'accord ! Ce sera mieux que rien, après tout.

Elle se tut un instant.

– En fait, ça pourrait même être sympa, reprit-elle en souriant. Je vais immédiate-

ment appeler mes parents pour leur demander la permission. De toutes les façons, ils
se sentent tellement coupables qu'ils ne
pourront pas refuser. Merci beaucoup,
Carole. Tu es vraiment super.

– Ça me fait plaisir. Oui, ça sera sympa,
répondit Carole.

– Max, puis-je me servir de votre téléphone ? demanda Veronica d'un ton enjoué.

Lorsque Veronica s'éloigna, Carole se demanda soudain dans quel pétrin elle s'était
fourrée. Pour Thanksgiving, M. Hanson et
sa fille avaient prévu de dîner en tête à tête
et de louer une cassette vidéo.

Même si Veronica s'était montrée moins
désagréable qu'à l'ordinaire, comment se
comporterait-elle pendant tout un week-end ?
Mais c'était trop tard ! Il fallait assumer.
Veronica revenait déjà vers elle, visiblement
satisfaite.

– C'est d'accord, s'écria-t-elle. Mes parents
me déposeront au Pin creux mercredi avant
d'aller à l'aéroport, et je partirai avec toi
quand tu auras fini de t'occuper de Diablo.

– Super, fit Carole, un peu inquiète.

Une autre pensée la préoccupait.

Steph et Lisa ? Qu'allaient-elles penser de tout ça ? Allaient-elles se moquer de ce projet ? Inviter cette peste de Veronica, quelle idée ! Il fallait pourtant qu'elle accomplisse un acte généreux, qu'elle fasse un petit sacrifice. C'est bien ce qu'elles avaient décidé ensemble, non ?

4

Le lendemain, Carole arriva au Pin creux trois quarts d'heure avant le cours. Elle n'avait pas encore osé parler de son projet à ses amies. Quant à son père, il avait tout de suite accepté que Veronica passe Thanksgiving avec eux. Mais Carole, elle, regrettait de plus en plus sa proposition.

Qui sait? Avec un peu de chance, Veronica tomberait malade ou aurait un empêchement! Non, il ne fallait pas penser des choses pareilles. Après tout, Veronica était capable d'être gentille, elle l'avait prouvé la veille.

Et puis c'était la faute de Steph, finalement : c'est elle qui avait eu cette idée idiote de bonne action. Sans elle, jamais Carole n'aurait pensé à inviter la snob du Pin creux !

Découragée, elle soupira. Heureusement, elle avait de quoi se changer les idées. Il fallait préparer son cheval pour la reprise. La dernière fois, lorsqu'elle avait détaché Diablo, elle avait remarqué que les sangles de son licol étaient près de casser. Elle décida d'en prendre des neuves, se dirigea vers la sellerie et remarqua, en entrant dans la pièce, que la porte donnant sur le bureau de Mme Reg était entrouverte. La mère de Max aidait son fils à gérer le centre équestre.

Soudain, une voix d'homme s'éleva. Carole s'arrêta de fouiller dans la malle et tendit l'oreille.

C'était la voix de Max. Il était en pleine conversation téléphonique, et son ton était enjoué.

Curieuse comme une chouette, elle laissa tomber les sangles pour s'approcher du bureau. Ce n'était pas bien d'écouter aux portes, Carole le savait. Mais les paroles de Max, pleines de mystère, l'intriguaient trop pour lui laisser des scrupules.

– … Bien. Tout est arrangé. Alors, dites à Lillian que, si je trouve quelqu'un pour s'occuper du centre pendant quelques jours, je pourrai venir la voir très bientôt.

Puis il se mit à rire doucement.

– J'espère vraiment accueillir cette jolie dame chez moi !

Carole étouffa un petit cri de surprise.

Une jolie dame ! Max allait recevoir une dame ! Max était amoureux ! Elle n'arrivait pas à y croire… C'était tellement… tellement romantique !

Max raccrocha le téléphone. Les pieds du fauteuil grincèrent… Il allait ouvrir la porte et la surprendre… Jamais elle n'aurait le temps de s'éloigner suffisamment. Il se douterait qu'elle avait tout entendu. Il fallait qu'elle trouve rapidement une idée pour expliquer ce qu'elle faisait là. C'est alors qu'elle remarqua les écouteurs et le baladeur de Bob posés sur l'étagère.

D'un geste rapide, Carole l'alluma et posa le casque sur ses oreilles. Ouf! Il était moins une! Max sortit à ce moment-là du bureau, tout souriant. Il ne s'attendait pas à trouver Carole à cet endroit.

– Bonjour, fit-il.

L'adolescente se dirigeait vers le coffre des sangles en esquissant un pas de danse.

– Oh, bonjour, Max, répondit-elle, feignant la surprise. Je ne vous avais pas entendu.

Agenouillée devant la malle, elle se remit à chercher des sangles en balançant la tête au rythme de la musique.

– Je passais un coup de fil, ajouta-t-il d'un air énigmatique. C'est le baladeur de Bob? demanda-t-il en désignant les écouteurs.

– Comment? cria-t-elle, feignant de ne pas avoir entendu.

– Depuis quand aimes-tu la musique country? l'interrogea-t-il, méfiant, en lui ôtant le casque des oreilles.

– Oh, je ne sais pas… j'aime un peu tous les genres, vous savez, fit-elle, nerveuse.

– Bien, ne sois pas en retard au cours.

Sur ces mots, il quitta la sellerie.

Carole poussa un soupir de soulagement. Puis elle sourit, impatiente de tout raconter à ses copines.

Max avait une petite amie ! Steph et Lisa n'en reviendraient pas !

Soudain, elle se souvint qu'elle avait aussi autre chose à leur annoncer : le projet Veronica.

5

— Salut, Carole ! Alors, tu as trouvé une idée pour Thanksgiving ? demanda Steph.

Carole se racla la gorge :

— Hum, hum… oui.

— C'est vrai ? reprit Steph, étonnée. Lisa et moi, on en a parlé un peu, mais on n'a rien trouvé de bien. Et toi, quelle est ton idée ?

Le mieux était de tout déballer sans attendre.

— J'ai invité Veronica à passer le week-end chez moi, avoua-t-elle très vite.

Les deux filles la regardèrent comme si elles avaient affaire à une folle. Puis elles éclatèrent de rire.

— Celle-là, c'est la meilleure ! s'exclama Steph. J'ai failli te croire !

Carole leur expliqua rapidement ce qui s'était passé.

— J'ai vraiment eu de la peine pour elle…

— Oui. Eh bien moi, c'est pour toi que j'en ai, rétorqua Steph.

— Tu prends ce projet trop au sérieux, intervint Lisa. Tu ne te rends pas compte : passer autant de temps avec cette peste, c'est une torture – pas un petit sacrifice.

Carole ne savait plus que penser.

— De toute façon, c'est trop tard…, dit-elle sans conviction. Si vous aviez vu la tête de Veronica… Elle avait l'air tellement abattue ! Et je vous jure qu'elle a été gentille.

— Ça, j'ai du mal à l'avaler ! affirma Steph. Heureusement que je ne serai pas là pour la supporter !

— Bon, bref… On ne va pas y passer trois heures, trancha Carole qui en avait assez de parler de Veronica, j'arriverai bien à me débrouiller. En attendant, j'ai une grande nouvelle à vous annoncer ! Vous n'allez jamais me croire !

Elle leur raconta la conversation de tout à l'heure.

– Incroyable ! s'exclama Lisa. Max – notre Max – a une petite amie ?

– Apparemment, ça a l'air sérieux, dit Steph. Vous vous rendez compte ? Il va peut-être y avoir un mariage au Pin creux !

Lisa, la moins rêveuse des trois, les ramena sur terre.

– Tant qu'on n'en est pas sûres, on doit garder cette histoire pour nous, dit-elle. Si ça se trouve, c'est peut-être juste un premier rendez-vous.

– Peut-être, fit Carole. En tout cas, Max a dit qu'il voulait lui rendre visite… et l'accueillir ici.

– On va devoir ruser pour le faire parler. En lui posant les bonnes questions, on arrivera sans doute à obtenir quelques informations sur cette mystérieuse Lillian, dit Steph.

– Et voilà le prochain défi du Club : découvrir tous les détails sur le grand amour de Max ! déclara Carole.

– Moi, ça me va, s'exclama Steph, enthousiaste. Mais avant, aidez-moi à trouver une idée pour le projet Thanksgiving. Je pars demain chez ma tante.

– Oh là là, coupa Lisa, on n'a plus qu'un quart d'heure avant la reprise ! On a intérêt à faire vite pour préparer nos chevaux.

Les trois amies se précipitèrent vers les boxes.

6

À la fin de la reprise, Max demanda à ses élèves une minute d'attention.

– Comme vous le savez, on va fêter Thanksgiving cette semaine. La plupart d'entre vous seront en vacances, et beaucoup resteront en famille. Je souhaiterais moi-même rendre visite à une amie, mais j'ai quelques problèmes pour organiser ce voyage. Steph, Carole et Lisa échangèrent un regard entendu.

– Bob ne pourra pas s'occuper de tout, et j'ai du mal à trouver une personne qui accepte de travailler les jours fériés. Si l'un d'entre vous connaît quelqu'un d'expérimenté, capable de prendre soin des chevaux, faites-le-moi savoir au plus vite. Voilà, ça sera tout pour aujourd'hui.

Après avoir ôté le harnachement et brossé Flamme, Steph nettoya le box puis se précipita vers celui de Diablo. Lisa y était déjà en compagnie de Carole.

– Vous avez entendu ça, les filles ? demanda Steph.

– Oui, s'exclama cette dernière. C'est super romantique !

Carole soupira tout en brossant Diablo :

– Malheureusement, si Max ne trouve personne pour aider Bob, il devra renoncer à son voyage. Et là, ça ne sera plus romantique du tout !

– À première vue, je ne connais personne d'expérimenté, confia Steph. Mais il faut absolument trouver quelqu'un. Tout ce que Max demande, c'est quelques jours avec sa petite amie ! Ce n'est quand même pas la mer à boire ! Parmi les membres du centre équestre, il y en a bien un qui aura une idée… Je vais aller voir ça de près.

— Je viens avec toi, proposa Carole.

— Moi, je vais rendre une petite visite à Pepper, dit Lisa. Je vous retrouve à l'entrée d'ici une demi-heure, d'accord ?

Le trio se sépara. Carole et Steph gagnèrent les vestiaires des cavaliers. Tandis que Lisa rejoignait le box de son vieil ami, elle eut très vite un mauvais pressentiment. D'habitude, dès qu'il l'entendait approcher, Pepper passait la tête à travers l'ouverture de la porte, mais là, il ne vint pas à sa rencontre. Lisa comprit alors que son cheval préféré n'allait pas bien. La tête basse, tournée vers le fond du box, Pepper avait à peine remarqué sa présence.

— Comment va-t-il ?

Concentrée sur le cheval, Lisa était très inquiète. Elle n'avait pas entendu Max arriver.

— Pas très fort, répondit-elle. Je croyais que c'était le froid qui l'avait fatigué. Mais aujourd'hui il a passé toute la journée au chaud et il ne va pas mieux.

– Je sais... Julie Barker, la vétérinaire, est venue l'examiner...

– Qu'est-ce qu'elle a dit ?

Max secoua la tête :

– Qu'il n'y avait plus grand-chose à faire. Pepper est vieux. Très vieux et très fatigué.

– Elle n'a rien dit d'autre ? Est-ce qu'elle lui a donné des médicaments ?

– La seule chose dont Pepper ait besoin, c'est d'amis comme toi qui s'occupent de lui.

– Oh, pour ça, Pepper peut compter sur moi ! promit-elle, la gorge serrée.

Tandis que Max regagnait son bureau, Lisa prit une brosse, entra dans le box et commença à toiletter son vieil ami.

Elle lui parlait doucement tout en caressant son encolure. Les chevaux adorent qu'on s'occupe d'eux, et Pepper avait toujours particulièrement aimé qu'on le brosse.

En le quittant un peu plus tard, Lisa eut l'impression que Pepper allait déjà mieux. Il se

mit même à la porte pour la regarder partir,
en remuant légèrement la tête.

Un joyeux sourire aux lèvres, Lisa se dirigea
vers la sortie. Max avait raison : Pepper avait
simplement besoin d'attention. Il devait
s'ennuyer, tout seul, dans son box ou dans le
pré.

Elle se fit alors une promesse : celle de
passer plus de temps avec lui chaque fois
qu'elle viendrait au Pin creux.

7

Ce soir-là, la famille de Steph discuta des vacances de Thanksgiving. Tout le monde devait partir chez la sœur de Mme Lake, le lendemain après-midi. Steph attendait ce voyage avec impatience : c'était devenu une vraie tradition.

Elle aimait le repas de fête avec la dinde farcie. Mais ce qui lui plaisait surtout, c'était la grande foire. Il y avait là une profusion de jeux, de tombolas, de concours d'équitation, de rodéos amateurs… Sans oublier la parade costumée à cheval qui se clôturait toujours par un bal. Steph ne regrettait que deux choses : ne pas pouvoir concourir à la parade, et être loin de ses deux meilleures amies… Elle ne pouvait pas partager ces bons moments.

— J'aimerais bien participer à la parade, soupira Steph.

— Toi et tes chevaux…, lâcha Alex, son frère jumeau. Il y a plein d'autres choses dans cette foire. Tu pourrais, par exemple, m'admirer lorsque j'éclate tous les ballons avec des fléchettes.

— T'admirer ? s'exclama sa sœur. L'année dernière, c'est moi qui ai gagné ! Souviens-toi !

— Moi, je préfère la pêche au canard, annonça Michael, leur petit frère. C'est fastoche, on en attrape un à tous les coups !

— C'est vrai, approuva Steph. Alex devrait peut-être essayer…

Michael et Sam, l'aîné de la famille, éclatèrent de rire.

– Très drôle, rétorqua Alex.

– Et toi, Maman, qu'est-ce que tu préfères dans cette foire ? demanda Steph, qui se resservait copieusement de la salade.

– Ce qui me plaît le plus, c'est de retrouver ma sœur. On se voit si peu ! Mais j'aime aussi le bal, ajouta Mme Lake malicieusement.

– Moi aussi, j'adore Thanksgiving…, fit Sam rêveusement.

L'année dernière à la foire, il avait rencontré une certaine Ellen, une fille très mignonne, et depuis ils s'écrivaient et se téléphonaient régulièrement.

Steph se souvint alors d'un autre couple : Max et sa mystérieuse Lillian.

Il fallait absolument qu'il puisse la voir. Soudain, la solution apparut clairement aux yeux de l'adolescente. Elle était si excitée qu'elle faillit s'étouffer avec son verre d'eau.

– Maman, Papa ! J'ai une idée. Max, Thanksgiving, Lillian…

Surpris, M. et Mme Lake dévisagèrent leur fille.

— Qu'est-ce que tu racontes ? demanda sa mère.

— Eh bien, voilà. Max a un problème. Il adorerait voir une amie ce week-end, mais, s'il ne trouve personne pour aider Bob aux écuries, il ne pourra pas y aller.

— Et alors ? intervint M. Lake.

— Et alors, Max ne prend jamais de vacances, même s'il les mérite. Cet après-midi, Carole, Lisa et moi, nous parlions du vrai sens de Thanksgiving... on se disait que la meilleure façon de célébrer cette fête, c'était d'aider les autres et de moins penser à soi.

Ne voyant toujours pas où leur fille voulait en venir, ses parents échangèrent un regard intrigué.

— C'est une belle idée, mais à quoi penses-tu ? demanda son père.

— Je voudrais rester ici pour que Max puisse faire ce voyage. Après tout, personne ne connaît les chevaux mieux que moi au centre. Et je suis sûre que les parents de Lisa seront d'accord pour m'héberger pendant que vous serez à Darlington.

Si elle était prête à sacrifier sa visite chez sa tante, Steph n'était pas encore assez folle pour aller dormir chez Carole, sous le même toit que Veronica. Ça, il n'en était évidemment pas question !

M. Lake parut pensif :

– Et la foire de Darlington ? Je croyais que tu l'adorais.

– Oui, je l'adore, mais je pense au sens de Thanksgiving. Aider les autres, même si on se fait moins plaisir.

– Je suis fière de toi, ma chérie, déclara Mme Lake.

Steph attendait sagement la réponse, les mains posées sur la table. Ses parents n'avaient pas encore dit oui.

– Tu es bête de ne pas venir, intervint Alex.

– Maman, Papa, s'il vous plaît… C'est très important pour moi.

– On va y réfléchir, lui promit sérieusement son père.

– Merci, fit-elle, un petit sourire aux lèvres.

* * *

Après le dîner, Steph appela Lisa et lui raconta son projet. M. et Mme Atwood seraient ravis d'accueillir l'amie de leur fille pour les vacances, et Lisa acceptait même de lui donner un coup de main au Pin creux.

Ravie, Steph raccrocha et rejoignit ses parents dans le salon.

– Alors, qu'est-ce que vous avez décidé? demanda-t-elle en retenant son souffle.

M. Lake posa son magazine :

– Ta mère et moi sommes d'accord, ma chérie. Si tu es prête à renoncer à ces vacances que tu aimes tant, c'est que tu veux vraiment aider Max.

– Super! s'écria-t-elle en embrassant ses parents. Merci !

Steph se précipita de nouveau sur le téléphone et annonça la bonne nouvelle à Max. Comme il avait du mal à la croire, il demanda confirmation auprès de ses parents.

– J'apprécie vraiment ton geste, Steph. Ce voyage veut dire beaucoup pour moi, et j'ai cru un moment que ma mère et moi ne pourrions pas partir…

Steph fut un peu étonnée d'apprendre que Mme Reg allait accompagner son fils. Mais sans doute Max voulait-il lui présenter tout de suite sa fiancée.

— Tout est réglé, déclara-t-elle à ses parents après avoir raccroché. Max part demain matin.

— J'espère que tu es consciente des responsabilités que tu auras au Pin creux, Steph, dit M. Lake. Max compte réellement sur toi.

— Je sais, je sais. Je ne le décevrai pas !

— Tu vas nous manquer, ma chérie, murmura sa mère.

8

Le lendemain, en fin d'après-midi, M. et Mme Lake déposèrent leur fille chez Lisa avant de prendre la route pour Darlington. Steph monta son sac dans la chambre de son amie, puis ensemble elles gagnèrent le Pin creux.

En arrivant aux écuries, elles furent frappées par le silence inhabituel qui y régnait : tout le monde était parti en vacances. Mais Steph et Lisa savaient qu'il y avait au moins une personne, une personne fidèle et dévouée à son cheval : Carole.

Elles avaient raison : leur amie était justement dans le box de Diablo.

– Salut ! Alors, prêtes à vous mettre au boulot toutes les deux ?

Les filles se mirent à discuter pendant que Carole brossait Diablo.

– J'étais vraiment impatiente de venir aujourd'hui, commença Steph.

– Moi aussi ! On va apprendre plein de choses, renchérit Lisa.

– On va surtout aider Max à retrouver sa « jolie dame », ajouta Steph.

– Je ferai tout pour lui rendre service, mais je ne sais pas si j'arriverai à convaincre Veronica de nous donner un coup de main, fit Carole.

– C'est toi qui as la tâche la plus difficile, dit Steph. Veronica te donnera plus de boulot que tous les chevaux du Pin creux réunis ! D'ailleurs, elle s'attend sûrement à ce que tu lui apportes son petit déjeuner au lit !

— Tais-toi ! chuchota Carole. Elle s'occupe de Typhon.

— Sans blague ! s'exclama Steph.

— Je vois que tu as déjà de l'influence sur elle, plaisanta Lisa.

— Tu rigoles, mais je ne l'ai jamais vue comme ça depuis que je la connais.

Carole vérifia que Diablo avait assez de foin et d'eau, puis quitta le box, suivie de ses amies.

— Attention, la voilà, prévint Carole en voyant Veronica arriver.

— Eh bien, bonne chance ! murmura Steph, sincère.

En plus d'un grand sac en cuir et d'une valisette qui devait contenir ses affaires de toilette, Veronica portait une tarte.

— Salut, Veronica.

— Bonjour, Steph, bonjour, Lisa, répondit-elle. Tu es prête, Carole ?

— Oui. D'ailleurs mon père ne va pas tarder à arriver.

— J'espère que vous aimez la tarte au potiron, ajouta-t-elle. Notre cuisinière l'a faite spécialement pour vous.

– Super ! Tu vas nous éviter l'horrible tarte aux pommes de papa.

Steph et Lisa regardèrent les deux filles s'éloigner tranquillement.

– J'espère que Carole va sortir indemne de ce week-end, soupira Steph.

À cet instant, Bob arriva précipitamment :

– Ah, Steph, tu tombes bien ! J'ai du travail pour toi.

– Oui, mon capitaine ! À vos ordres, mon capitaine ! répliqua-t-elle en faisant le salut militaire.

Il la regarda d'un air amusé.

– C'est une mission passionnante, lieutenant Lake.

– Entraîner un cheval ? Ranger la sellerie ? Passer le sol au jet d'eau ?

– Nettoyer les boxes, lieutenant ! ordonna Bob.

– À vos ordres ! dit-elle, consciente que cette tâche ne serait pas une partie de plaisir.

– Vous avez besoin de moi, Bob ? demanda Lisa.

– Pour l'instant, non. Mais je n'oublie pas ton offre.

– Alors, je vais aller voir Pepper. Bon courage, Steph.

Décidée à remonter le moral du vieux cheval, Lisa se glissa dans son box et lui parla tendrement.

– Bonjour, Pepper ! Tu te sens bien aujourd'hui ?

Elle comprit instinctivement que la réponse était non.

Comme un poids trop lourd, la tête de l'animal penchait vers le sol. Il respirait difficilement, mais il avait l'air content de voir Lisa.

Se tournant vers elle, il renifla les poches de son pantalon.

– Oh, si tu sais encore dénicher les gâteries, c'est que tu ne vas pas si mal ! dit-elle en sortant un sachet rempli de quartiers de pomme.

Soudain elle entendit des pas dans le couloir. C'était Julie Barker, la vétérinaire.

– Bonjour, Lisa, la salua-t-elle en entrant dans le box. Comment va notre Pepper ?

– Pas très bien, répondit l'adolescente en

essayant de cacher son inquiétude. Il a vraiment l'air fatigué et il respire mal.

– Je vais l'examiner.

– Qu'est-ce qu'il a, Julie ?

La vétérinaire secoua la tête.

– Tout ça n'est pas très bon...

– Qu'est-ce que tu veux dire ?

– Pepper est vieux, voilà tout. Il a eu une vie bien remplie et... et il est en train de mourir.

– Ce n'est pas possible ! Patch et Nero sont plus âgés que lui et ils sont encore très vigoureux !

– C'est vrai, mais chaque cheval est différent, Lisa, comme les êtres humains. Il suffit de regarder Pepper pour comprendre qu'il arrive à la fin de sa vie.

– On pourrait peut-être..., s'étrangla Lisa.

Julie secoua la tête :

– On ne peut plus rien pour lui. Nous devons tous partir un jour, les hommes comme les chevaux. Et il est temps pour Pepper de nous quitter. Mais on peut lui rendre un grand service, Lisa : faire en sorte que ses derniers moments soient les plus agréables possible. Julie s'interrompit.

– En fait, pour qu'il souffre moins, Max et moi avons pensé…

– Le tuer ! s'écria Lisa, choquée.

Déjà, de grosses larmes roulaient sur les joues de la jeune fille.

– Non ! se rebella-t-elle, en s'accrochant au cou du cheval. On peut certainement l'aider autrement ! Je suis sûre qu'il peut vivre ! Pepper peut vivre encore…

– Excuse-moi, Lisa, je n'aurais pas dû t'annoncer cette nouvelle aussi brutalement. Je croyais que tu y avais déjà pensé…

Lisa était effondrée. Elle n'imaginait pas le Pin creux sans Pepper. C'était impossible. Julie devait se tromper. Dès que Max reviendrait, elle lui demanderait de faire venir d'autres vétérinaires pour avoir différents avis.

– Lisa… je suis désolée ! Mais ne t'inquiète pas. Pour l'instant, il n'y a rien de dramatique. Tant que Pepper ne souffre pas, on peut le laisser tranquille.

Lorsque Julie sortit du box, Lisa relâcha le cou de son ami et sécha ses larmes d'un revers de la main. Pepper se frotta au visage de la jeune fille, comme s'il voulait connaître la raison de ses pleurs.

Puis Lisa rejoignit la vétérinaire dans le couloir. Julie rédigeait une ordonnance.

– Tiens, Lisa, dit-elle en lui tendant le papier. Si tu veux l'aider, surveille-le et donne-lui ce médicament chaque fois qu'il aura l'air mal en point. Suis-moi dans le box, je vais te montrer comment faire. Et, bien sûr, tu peux m'appeler si tu as besoin de moi.

Lisa écouta attentivement les explications de Julie. L'adolescente mémorisa surtout la façon dont elle mettait les gouttes au fond de la gorge de Pepper. Enfin la vétérinaire se dirigea vers la porte et prit son sac. Lisa la suivit, tenant à la main le compte-gouttes, le flacon et l'ordonnance.

– J'appellerai Max pour le mettre au courant, dit Julie. Il sera content d'apprendre que tu soignes ce vieux Pepper. Il ne pouvait pas espérer meilleure infirmière.

Lisa essaya de sourire, malgré sa tristesse et son abattement.

– Merci, Julie.

La vétérinaire regagna son 4×4, et Lisa alla rejoindre Pepper dans son box.

– C'est encore moi, fit-elle doucement.

Pepper dressa les oreilles et hennit légèrement.

– Mais on dirait que tu vas mieux ! Ce médicament paraît efficace. Et puis on se fiche de ce que les autres pensent... Je t'aiderai, c'est promis, dit-elle en caressant le museau soyeux du cheval.

9

Le matin de Thanksgiving, Carole fut réveillée par la voix de son père. Avec qui pouvait-il bien parler ? Soudain, elle se souvint : c'était avec Veronica. Elle s'enfouit aussitôt sous les couvertures. Puis elle se ravisa. Non, ce n'était pas bien de laisser son père s'occuper seul de son invitée !
Carole s'apprêta à prendre sa douche. Après tout, Veronica s'était bien tenue jusqu'à maintenant. Hier soir, le colonel Hanson les

avait emmenées dans une pizzeria, et elle leur avait épargné son numéro de « riche fille à papa ». Avec le colonel, elle avait beaucoup discuté de voyages à l'étranger, de pays que Carole ne connaissait même pas.

« Ils s'entendent bien ! C'est déjà ça ! » avait-elle pensé.

Le colonel Hanson et Veronica avaient terminé leur petit déjeuner lorsque Carole les rejoignit.

— Bonjour, ma chérie ! dit son père en l'embrassant sur le front. Joyeux Thanksgiving !

— Joyeux Thanksgiving, Carole ! reprit Veronica en écho.

— Prends des céréales, tu nous aideras ensuite à préparer la dinde, proposa son père.

À sa grande surprise, Carole remarqua que son invitée portait un tablier et tenait un torchon à la main. Elle n'en revenait pas…

Après avoir avalé son bol de cornflakes, elle donna un coup de main à la préparation de la dinde.

En guise de félicitations, le colonel leur fit le salut militaire :

— Ça, c'est du bon travail, soldats !

– Merci, colonel, dit Carole. Et maintenant, qu'est-ce qu'on fait ?

– Il est l'heure d'aller à la messe.

– À la messe ! s'étonna Veronica. Mais nous ne sommes pas dimanche !

– Nous y allons toujours pour Thanksgiving, répondit-il.

Elle haussa les épaules, résignée.

– Quels vêtements dois-je mettre ?

Quand ils regagnèrent la maison, ils mirent la dinde au four.

– Bien, on pourra passer à table vers une heure, dit le colonel.

– Et quel est ton programme en attendant ? demanda Carole.

M. Hanson ouvrit le tiroir de la petite commode où étaient rangés les jeux de société.

– Que diriez-vous d'une petite partie de Monopoly ?

– Oh, quel beau jeu d'échecs ! s'exclama Veronica en découvrant un échiquier en bois précieux.

– Merci, Veronica, fit M. Hanson avec fierté. C'est un cadeau de mon grand-oncle.

— Et, tu sais, papa y tient comme à la prunelle de ses yeux, ajouta Carole, sur le ton de la confidence.

— Ah, je comprends…, dit Veronica en prenant l'échiquier avec précaution. Et les pièces ? Comment sont-elles ?

M. Hanson ne se fit pas prier. Il sortit une boîte qui contenait des pièces en bois sculptées à la main.

— Elles sont… magnifiques…, souffla Veronica.

— J'aime bien le petit château que tu as dans les mains, Veronica, mais mon préféré, c'est quand même le cheval, commenta Carole.

— Aux échecs, on appelle ça un cavalier, corrigea Veronica. Et l'autre pion, c'est une tour, pas un château.

Le visage de M. Hanson s'illumina.

— Tu sais jouer aux échecs ?

Carole poussa un gémissement.

— Veronica, un conseil d'amie, ne joue pas contre mon père. C'est un fan !

— Ça tombe bien, moi aussi j'adore ce jeu,

Carole. Mais je vous préviens, colonel, préparez-vous à perdre. Mon père n'arrive plus à me battre depuis des années.

– Un défi ? Excellent ! répliqua-t-il.

Puis il se tourna vers sa fille.

– Ça ne t'embête pas trop, mon ange ?

– Oh, je suis désolée, s'excusa Veronica. On devrait plutôt trouver un jeu à trois !

– Non, non, jouez. Ça ne me dérange pas.

Et c'était vrai. Son projet pour Thanksgiving fonctionnait bien. À l'évidence, Veronica s'amusait et elle se montrait même plutôt sympa, pour l'instant.

Tandis que les deux joueurs s'affrontaient aux échecs, Carole mit la table dans la cuisine. Elle les entendait rire et plaisanter. Elle sourit, assez fière d'elle. Finalement, Steph avait raison à propos du sens de Thanksgiving…

À une heure pile, Veronica avait déjà battu M. Hanson.

– Échec et mat ! déclara-t-elle, triomphante.

À cet instant, le téléphone sonna. Carole décrocha.

– Salut, Carole, fit Steph à l'autre bout du fil. Tu pourrais venir au Pin creux, vers quatre heures ? Emmène Veronica avec toi si tu veux. C'est très important.

– Quatre heures ? Oui, ça devrait aller. Mais qu'est-ce qui se passe ?

– Tu verras, répondit son amie, mystérieusement.

Carole raccrocha. Dans quelle histoire Steph s'était-elle encore embarquée ?

– Qui était-ce ? demanda son père.

– Steph. Elle m'a demandé d'être au Pin creux vers quatre heures, mais je ne sais pas pourquoi.

Comme Veronica avait l'air déçue, Carole ajouta :

– Steph veut que tu viennes aussi.

– Super ! s'exclama Veronica, retrouvant instantanément le sourire.

Au fond, se disait Carole, l'attitude hautaine de Veronica n'était peut-être qu'une façon de cacher sa timidité et une grande solitude. En tout cas, une chose était sûre : c'est que jusqu'à présent elle n'avait rien fait pour qu'on ait envie de l'aider ! Au contraire.

– À table, Carole ! appela son père.

Carole les suivit dans la cuisine, mais elle ne parvenait pas à se concentrer sur la conversation. Elle ne pensait qu'à son invitée.

En fait, c'était très simple : Veronica voulait qu'on l'aime. Elle ne supportait pas de se sentir exclue. Ses parents croyaient la rendre heureuse en lui achetant tout ce qu'elle voulait. Mais ce qu'elle attendait réellement d'eux, au fond, c'était un peu d'attention et de tendresse !

Finalement, cette invitation pour Thanksgiving était une idée épatante.

10

Après avoir appelé Carole, Steph monta dans la chambre de Lisa. Celle-ci était en train de ranger ses affaires lorsque Steph entra en trombe.

– Ah, Lisa ! s'exclama-t-elle. Retrouve-moi au Pin creux cet après-midi, mais pas avant quatre heures.

– Quoi ? Mais c'est Thanksgiving !

– C'est justement pour ça. Je m'en vais ! Avant, promets-moi de venir.

– Tu ne peux pas partir maintenant, Steph. Nous allons déjeuner dans quelques minutes.

– Désolée, je dois partir. Tes parents sont au courant. Je leur ai expliqué.

– Expliqué ? Mais à propos de quoi ? Et où vas-tu ?

– Au Pin creux, répondit Steph qui s'impatientait déjà. J'ai dit à Bob que je m'occuperai du Pin creux sans lui, aujourd'hui.

– Tu vas faire le travail toute seule ? Tu es tombée sur la tête ou quoi ? Et tu ne peux pas manquer le repas de Thanksgiving !

– Je n'ai pas le choix, les chevaux ont besoin de moi. Le jour de Thanksgiving, il faut penser d'abord aux autres. C'est ce qu'on avait décidé, non ? En plus, j'ai quelques préparatifs à terminer.

– Quels préparatifs ? De quoi parles-tu ? fit Lisa, qui n'y tenait plus.

– Tu verras. Allez, Lisa, viens à quatre heures, d'accord ?

Sans attendre de réponse, Steph fonça vers la porte.

– Jette un coup d'œil à Pepper ! lui cria Lisa.

– Pas de problème !

Qu'est-ce que Steph pouvait bien avoir encore inventé ? Lisa n'y comprenait rien. Aurait-elle la patience d'attendre jusqu'à quatre heures pour percer le mystère ?

En route vers le centre, Steph traînait derrière elle un chariot rouge rempli d'un étrange fatras. Tôt le matin même, elle avait déjà transporté un chargement identique.

En arrivant au Pin creux, l'adolescente laissa le chariot près de l'entrée et se mit tout de suite au travail. Elle voulait passer rapidement à la tâche la plus intéressante. Elle entra dans le box de Pepper et examina le cheval. Il semblait fatigué, sans plus. Elle haussa les épaules, se demandant pourquoi Lisa se faisait tant de souci pour lui.

Une fois les chevaux nourris, elle se dirigea vers les vestiaires de l'écurie. Elle traîna hors de la pièce une grande table et deux bancs jusqu'au manège. Contemplant son installation, Steph se frotta les mains d'un air satisfait.

Elle commença alors à décharger le chariot. Elle étendit sur la table une nappe de papier orange et y déposa des assiettes, des saladiers en carton qu'elle remplit de faux aliments en papier mâché : une dinde géante, du maïs, des pommes de terre...

Steph accrocha ensuite des guirlandes tout autour de la piste.

— Voilà, le festin des colons et des Indiens est prêt ! fit-elle quand elle entendit des bruits de pas.

Lisa, Carole et Veronica arrivaient. D'abord gênée par la présence de Veronica qu'elle avait complètement oubliée, Steph se souvint que le but de ce projet était de ranimer l'esprit de Thanksgiving. Elle décida donc d'accepter joyeusement sa présence, comme les Indiens avaient fini par accepter celle des colons.

— Salut, les filles ! J'ai du travail pour vous, mais il faut faire vite. Le dîner doit être servi à quatre heures.

— Quel dîner ? firent Lisa et Carole en chœur.

Elles avaient le ventre tellement plein qu'elles n'auraient même pas pu avaler une feuille de salade.

– Lisa et Veronica, allez chercher les chevaux et installez-les autour de la table. Carole, aide-moi à remplir ces paniers de pommes et d'avoine.

– Mais qu'est-ce que tu es en train de faire ? s'étonna Carole. Tu peux nous expliquer ?

– Vous n'avez pas encore compris ? On va offrir aux chevaux un spectacle pour Thanksgiving !

– Quoi ?

Carole n'en croyait pas ses oreilles.

– Tu as bien entendu : on va jouer une pièce pour les chevaux.

– Pour les chevaux ? fit Carole, perplexe. Tu es tombée sur la tête ?

Lisa, elle, commençait à comprendre.

– On va faire un cadeau aux chevaux, même s'ils n'y comprennent rien. Ça nous permettra de nous rappeler ce qu'est Thanksgiving. C'est ça, Steph ?

– Tu as tout compris ! Allez hop ! Au travail,

les filles ! les encouragea-t-elle avec entrain. Peu motivées au départ, Carole, Lisa et Veronica entrèrent vite dans le jeu. L'enthousiasme de Steph était contagieux.

Lisa et Veronica sortirent tous les chevaux – même Pepper – et les attachèrent à la table ou aux bancs. Pendant ce temps, Steph et Carole remplissaient les paniers d'avoine et de pommes.

– Et maintenant ? dit Carole, quand tout fut enfin prêt.

– Lisa et Veronica, vous serez les colons. Voici votre bateau, dit Steph en poussant un tonneau vide.

Les deux adolescentes grimpèrent sur leur navire improvisé, puis Lisa se lança dans un petit discours. La main sur le cœur, elle déclara d'une voix théâtrale :

– Nous, colons, qui allons poser le pied sur les terres du Nouveau Monde, nous avons décidé de vivre libres...

– Libres de ne plus faire nos devoirs ! plaisanta Carole.

Steph et Veronica s'esclaffèrent.

— Libres de ne plus nous faire enquiquiner par des filles qui ne veulent pas faire leurs devoirs ! reprit Lisa tout en jetant un regard furibond à Carole. Ici, nous vivrons en paix, avec nos chevaux pour fidèles compagnons, et les Indiens pour voisins. Nous ferons un tas de trucs ensemble, et tout le monde sera heu-reux !

Lisa conclut par une petite révérence et descendit du bateau.

— Maintenant c'est à votre tour, Mesdames les colons ! Allez me construire des maisons et planter du blé ! ordonna Steph.

Veronica et Lisa se regardèrent sans comprendre, puis firent semblant de s'activer.

— Et moi ? demanda Carole.

— Toi et moi, on va être les Indiens, répondit Steph.

— Super ! Attention, colons, nous voilà !

— Hé ! Les chevaux nous regardent, souffla Steph.

Ces derniers semblaient en effet fort intéressés par toute cette agitation.

— Désolée de te décevoir, Steph, intervint Veronica. Ce ne sont malheureusement pas tes talents d'actrice qui les fascinent, mais plutôt les pommes et l'avoine.

Steph éclata de rire. Finalement, elle avait le sens de l'humour, la petite snob !

— Bon, je crois qu'il est temps de passer à table ! déclara Steph.

Les filles se précipitèrent vers la table et se mirent à distribuer les pommes et l'avoine aux chevaux. Tandis qu'ils se régalaient, Lisa fit un dernier discours :

— Les colons remercient les Indiens de leur aide et de leur accueil. Que cet événement serve de leçon à tout le monde : il faut toujours trouver le temps de venir en aide aux autres !

À ces mots, Steph applaudit.

— C'est exactement ce que je voulais qu'on retienne de Thanksgiving, dit-elle. Merci à vous trois de m'avoir aidée, et maintenant...

— Maintenant tu vas nous remercier à l'avance pour qu'on t'aide à ranger cette pagaille, c'est ça ? la coupa Carole.

— Comment as-tu deviné ? lança Steph, le regard pétillant. C'est bien toi qui me connais le mieux ! S'il vous plaît, les filles, vous pourriez me donner un coup de main ?

Les filles acquiescèrent et se mirent aussitôt au travail. Veronica ramena Cobalt à son box tandis que Lisa et Steph rangeaient tous les accessoires dans le chariot. Carole, quant à elle, reconduisit Pepper. Le vieux cheval avançait avec peine, comme engourdi par la fatigue.

– Lisa ! appela-t-elle. Pepper est bizarre…

– Je sais.

Carole et Steph regardèrent leur amie, surprises par son ton grave.

– Il y a un problème ? s'inquiéta Carole.

– Pepper est comme ça depuis la semaine dernière.

– C'est pour ça que tu m'as demandé de veiller sur lui, tout à l'heure ? dit Steph. Et Julie ? Qu'est-ce qu'elle a dit ?

– Elle l'a examiné…

– Et alors ?

– Julie dit que Pepper est… est en train de… mourir.

– Oh non ! s'écria Steph.

– Pauvre Pepper, murmura Carole. Et, d'un geste tendre, elle enlaça le cou du vieux cheval.

– Mais Julie doit bien pouvoir le soigner, protesta Steph. Elle lui a donné un médicament ?

– Elle lui a prescrit ça, répondit Lisa en sortant le flacon de sa poche. Ramenons-le dans son box ; on lui donnera ses gouttes.

Les deux filles hochèrent discrètement la tête, car Veronica revenait. L'état de Pepper ne la regardait pas. D'ailleurs, elle s'en fichait probablement. C'était une affaire qui ne concernait que les membres du Club du Grand Galop.

– Hé, où vous allez ? protesta Veronica. Il n'y a pas de raison pour que je rentre les chevaux toute seule !

– Non, non, répondit Steph. Ne t'en fais pas, on va le faire ensemble.

Une fois les chevaux dans leurs boxes, Steph chercha une idée pour éloigner Veronica. Le Club du Grand Galop devait se réunir et réfléchir au cas de Pepper. Heureusement, le hasard fit bien les choses, et elle n'eut pas besoin de se creuser la tête trop longtemps.

— Je vais m'occuper de Typhon, annonça soudain Veronica.

Elle se dirigea vers le box de son cheval.

— Vous voyez, fit Carole en la regardant s'éloigner. Je crois vraiment qu'elle fait des efforts. D'habitude, elle laisse toujours les autres brosser Typhon à sa place.

— Allons voir Pepper, dit Lisa d'un ton pressant.

Très abattu, le vieux cheval gris laissait pendre sa tête. Lisa remarqua à quel point il peinait pour respirer.

— Donnons-lui quelques gouttes, proposa Carole.

— Pepper, tu vas vite reprendre des forces... Le célèbre Club va s'occuper de toi ! déclara Steph.

Malgré son inquiétude, Lisa ne put s'empêcher de sourire. Elle fit avaler le médicament au cheval pendant que ses deux amies lui parlaient et le caressaient. Il eut bientôt l'air d'avoir repris du poil de la bête.

— Ce médicament lui fait du bien, apparem-

ment, ou alors c'est nous qui sommes effi-
caces, dit Carole tandis que Pepper frottait
son museau contre son bras.

– C'est la preuve qu'il peut guérir, affirma
Steph. Julie est trop pessimiste. Elle ne se
rend pas compte combien Pepper est fort et
courageux. Je suis sûre qu'il peut vivre
encore de longues années.

– Tu as raison, dit Lisa qui retrouvait un peu
d'espoir.

– On ferait mieux d'aider Veronica, dit
Carole. Sinon, je vais être en retard.

Après avoir dit au revoir à Pepper, Lisa jeta
un dernier coup d'œil en arrière. Le vieux
cheval la regardait par-dessus la porte de son
box.

– Ça va aller mieux, tu verras, lui lança-
t-elle avant de s'éloigner à son tour.

11

Lisa se réveilla avant l'aube en sueur. Elle avait fait un cauchemar. Pepper suffoquait, et elle, impuissante, ne savait comment le sauver. Elle regarda son réveil. Il était trop tôt pour se lever. Elle essaya de se rendormir, sans y parvenir.

Elle ne cessait de penser à son vieil ami. Quand elle l'avait quitté hier soir, il semblait avoir repris le dessus. Et pourtant, elle était morte d'inquiétude…

Finalement, Lisa se leva et s'habilla sans faire de bruit pour ne pas réveiller Steph. Après quoi elle lui écrivit un petit mot, le posa sur la table de chevet et prit les clés du Pin creux. Au rez-de-chaussée, elle laissa un autre message à sa mère, puis, après avoir mis ses chaussures et enfilé sa grosse veste, elle referma doucement la porte de la maison.

Lisa courut d'une seule traite jusqu'au centre. La cour était déserte, les bâtiments sombres et le froid piquant. Le temps semblait s'être arrêté. Une étrange atmosphère régnait au centre équestre, comme si un spectre rôdait.

Lisa se précipita vers le box de Pepper. Elle avait décidément un mauvais pressentiment.

– Pepper ! hurla-t-elle.

Allongé sur le flanc, le vieux cheval respirait avec difficulté. Poussant le battant de la porte, elle s'agenouilla et posa la tête de l'animal sur ses jambes.

Les yeux de Pepper étaient voilés, son souffle rauque. Lisa éprouvait la même angoisse que dans son cauchemar.

L'adolescente finit par réagir.

Le médicament !

Elle mesura la dose exacte de gouttes et, caressant la joue du cheval, lui donna le remède.

En attendant qu'il fasse de l'effet, Lisa parlait doucement à Pepper, d'une voix réconfortante. La respiration du cheval malade devenait plus régulière, mais restait quand même rauque.

– Tu sais, Pepper, c'est grâce à toi si j'aime l'équitation. Et je ne suis pas la seule dans ce cas. Tu te souviens du jour de ta retraite[1] ? Tu te souviens de tous ces gens qui sont venus te remercier et te dire combien ils t'aimaient…

Le cheval poussa un long soupir, tourna les yeux vers elle, puis regarda le vide.

Lisa réalisa subitement que ses meilleurs souvenirs du Pin creux étaient liés à cet animal qui allait bientôt mourir. Elle essaya de chasser ces tristes pensées. Elle devait

_____

1. Voir *Une Étoile pour le club*, n° 603 dans la série Grand Galop.

réconforter Pepper, pas s'apitoyer sur elle-même.

– Et tu te rappelles quand…

Mais sa gorge se serra, l'empêchant brusquement de parler.

Le médicament, cette fois-ci, ne faisait plus beaucoup d'effet.

Plaçant sa bouche contre l'oreille du cheval, Lisa murmura :

– Pepper, tu dois guérir ! Tu ne peux pas me laisser !

Le cheval ferma les yeux et parut s'assoupir. Puis il s'agita de nouveau, et une sorte de râle se fit entendre.

Alors Lisa comprit. Son vieil ami ne s'en remettrait pas, cette fois.

Elle prit une profonde inspiration.

– N'aie pas peur, Pepper. Je sais ce qu'il faut faire… Tu souffres trop maintenant. Je n'ai pas le droit de te laisser dans cet état. Attends-moi, ne bouge pas, je vais appeler Julie.

Dégageant doucement la tête du cheval posée sur ses genoux, elle se leva. Pepper n'ouvrit même pas les yeux.

Lisa téléphona d'abord à Julie. La vétérinaire lui promit d'être là d'ici une heure. Lisa passa ensuite un coup de téléphone à sa mère. Elle lui expliqua la situation et demanda à parler à Steph.

— Salut, fit celle-ci, à moitié endormie. Où es-tu ?

— Au Pin creux. J'étais inquiète pour Pepper et j'avais raison. Il est très mal, répondit Lisa, un sanglot dans la voix.

— Quoi ? s'exclama Steph, soudain tout à fait réveillée.

— Il est en train de mourir, reprit-elle, un peu soulagée de pouvoir partager son chagrin avec une amie. C'est sûrement mieux pour lui.

Pour la première fois, des larmes roulèrent sur ses joues.

— J'arrive, Lisa ! Tu as appelé Carole ?

— Non…, bredouilla-t-elle, la gorge nouée.

— Bon, je la préviens, je la rejoins chez elle et on vient ensemble. Veronica sera sans doute avec nous, si on n'arrive pas à la perdre en chemin !

Lisa essaya de sourire, mais ne réussit qu'à renifler.

Elles raccrochèrent.

Steph était plus inquiète pour son amie que pour Pepper. Elle savait trop bien ce qu'il représentait pour Lisa. Et s'il fallait le plonger dans son dernier sommeil, Steph voulait être auprès d'eux.

Du Pin creux, Lisa appela Bob pour le mettre au courant, puis partit retrouver Pepper. Le plus important était de rester avec lui, et surtout de ne pas le laisser seul à ce moment-là.

Lisa pensait avoir pris la décision la plus juste. Maintenant, elle espérait être capable d'en supporter les conséquences.

12

Le colonel Hanson déposa les filles devant le Pin creux et repartit. Carole, Steph et Veronica se précipitèrent vers le portail où elles retrouvèrent Bob.

– Comment va Pepper ? lui demanda Carole avec inquiétude.

– Et Lisa ? ajouta Steph.

– Aucune idée, j'arrive à l'instant.

Quand ils atteignirent le box du cheval, ils virent Lisa assise dans la paille, la tête de

Pepper posée sur ses genoux. Les yeux dans les yeux, la jeune fille et le cheval se regardaient en silence.

– Lisa, nous sommes là, dit Steph.

– Merci d'être venus. Pepper vient de se réveiller.

– Il ne va pas mieux, n'est-ce pas ? demanda Carole.

– Lisa a bien fait d'appeler Julie, répondit Bob en secouant tristement la tête.

Était-ce Veronica qui étouffait ainsi un sanglot ? Steph et Carole l'auraient juré.

Bientôt, on entendit la vétérinaire garer son 4×4 et, un instant plus tard, elle rejoignit tout le monde dans le box. Après un bref salut, elle remit sa grosse sacoche à Steph. Lisa se leva et recula pour lui permettre d'examiner Pepper, mais Julie ne semblait pas en avoir besoin. Donnant une tape amicale au cheval, elle se redressa et se tourna vers Lisa.

– Merci d'avoir eu le courage de prendre cette décision, déclara-t-elle calmement en posant une main sur l'épaule de l'adolescente. Pepper est très malade et il ne guérira pas. Inutile de le laisser souffrir plus longtemps.

Lisa hocha simplement la tête, incapable de prononcer un mot.

— Il vaut mieux que vous sortiez, conseilla la vétérinaire en récupérant sa sacoche.

— Je veux rester, répliqua Lisa. Je veux l'accompagner jusqu'au bout.

— Nous aussi, dirent Steph et Carole.

Lisa s'agenouilla près du cheval. Ses amies se joignirent à elle.

— Il est temps de te dire au revoir, murmura Lisa.

Steph prit la grosse tête de Pepper qu'elle tourna délicatement vers elle. Ses yeux ronds clignaient, comme surpris de la voir.

— Ne me regarde pas comme ça, Pepper, dit Steph en essayant à son tour d'être ferme. Je ne vais pas te laisser partir sans te dire au revoir.

Elle déposa un gros baiser sur le nez du cheval gris puis le serra très fort.

— On ne t'oubliera jamais…

Carole caressa la joue de l'animal et déclara d'un ton grave :

– Pepper, tu as été l'ami de tout le monde. Tu mérites de te reposer maintenant, dit-elle, les yeux gonflés de larmes. Au revoir, mon ami.

Puis Steph et Carole reculèrent jusqu'à la porte pour laisser à Lisa un dernier moment d'intimité avec Pepper.

L'adolescente lui caressa le cou, le front, comme elle l'avait toujours fait, mais elle ne parvenait pas à lui parler. Elle comprit soudain qu'elle n'avait plus grand-chose à lui dire ; seulement quelques mots. Enlaçant le cou du cheval, Lisa se pencha et lui murmura à l'oreille :

– Je t'aime, Pepper. Merci.

Elle l'embrassa sur le front, se leva et rejoignit ses amies. Puis, se tournant vers Bob et Julie qui attendaient dehors, elle annonça :

– Nous sommes prêtes.

Julie entra dans le box. Elle avait préparé une seringue pendant que les membres du Club du Grand Galop faisaient leurs adieux à Pepper.

– Peut-on le caresser pendant que tu... tu travailles ? demanda Lisa.

– Bien sûr, répondit-elle. Pepper appréciera. Assises près du cheval, Lisa, Carole et Steph le réconfortèrent jusqu'à ce que sa douleur disparaisse à jamais.

Pepper poussa un gros soupir et ferma les yeux pour toujours.

13

Les trois amies marchèrent tristement en direction des vestiaires. Veronica traînait derrière, silencieuse. La mort de ce vieux cheval auquel elle ne s'était jamais intéressée la touchait plus qu'elle n'aurait pu l'imaginer. Julie, quant à elle, attendait le camion qui allait emporter le corps de Pepper.

Lisa ressentait une grande fatigue. La matinée lui avait paru longue, si longue. Il n'était pourtant que neuf heures. Elle n'arrivait pas à réaliser que Pepper les avait quittées.

– Ça va ? demanda Steph en passant un bras autour des épaules de son amie.

Lisa hocha la tête en se forçant à sourire.

– Ça va aller, ne t'inquiète pas.

Elles s'assirent l'une à côté de l'autre, sur le premier banc des vestiaires. Carole et Veronica, installées sur le second, discutaient à voix basse. Lisa ne les entendait pas, mais remarqua que Carole faisait toute la conversation. L'air triste et pensif, elle parlait sans doute de Pepper.

Puis Veronica se pencha vers Carole comme pour lui confier quelque chose d'important. Carole fronça alors les sourcils et déclara à voix haute, visiblement fâchée :

– Alors là ! Tu n'es vraiment qu'une sale égoïste ! Je l'avais un peu oublié pendant ces deux derniers jours. Mais décidément, tu ne changeras jamais !

Et elle la quitta pour s'asseoir près de ses deux amies.

– Qu'est-ce qui se passe, Carole ? demanda Steph.

Avant même qu'elle ne puisse répondre, Veronica vint se camper devant elles, les mains sur les hanches.

— Tout ça était très intéressant, les filles, mais je dois partir, annonça-t-elle. J'ai mes devoirs à faire.

— Ne te mets surtout pas en retard pour nous, répliqua Carole, ironique. Tu connais le chemin pour rentrer chez moi.

Veronica se dirigea vers la porte. Puis elle se retourna pour regarder Lisa.

— Je suis vraiment désolée pour Pepper, dit-elle.

Et elle partit en courant.

— Bon, maintenant répète-nous ce qu'elle t'a dit tout à l'heure ! demanda Steph.

— Plus tard, répondit Carole. Je crois qu'après les événements de ce matin le Club du Grand Galop a besoin de se réunir chez Sweetie. C'était le glacier préféré des filles et un peu leur quartier général.

— Carole..., commença Lisa. Je suis plutôt démoralisée et je n'ai pas beaucoup dormi cette nuit. Alors, ne me dis pas que tu veux manger une glace à neuf heures du matin!

– D'ailleurs, Carole, que tu aies envie de glace ou pas, tu vas devoir attendre, dit Steph. Sweetie n'ouvre pas avant onze heures.

– C'est vrai, j'avais oublié! Allons prendre un petit déjeuner au centre commercial, alors. Je meurs de faim.

– Pourquoi ne pas prendre le bus? On pourrait essayer ce nouveau salon de thé, de l'autre côté de la ville, ça vous dit? proposa Lisa.

– D'accord.

– C'est une bonne idée, mais j'ai du travail, répondit Steph à contrecœur.

À cet instant, Bob entra dans les vestiaires.

– Je n'en crois pas mes oreilles. Tu vas te priver d'une sortie avec tes amies pour nettoyer les boxes avec moi? Quel sérieux! la taquina-t-il.

Puis il ajouta:

– La matinée a été dure, Steph. Tu as bien mérité une petite pause.

– Mais j'ai promis à Max…

– File ! insista-t-il. Tu as ma permission !

Et il quitta la pièce.

Steph fourra les mains dans ses poches et afficha un air gêné.

– C'est que… je n'ai pas un sou sur moi…

– Ne t'inquiète pas, j'ai assez d'argent pour nous trois, la rassura Carole.

Arrivées dans le salon de thé, les filles s'installèrent à une table. Le serveur, plutôt beau garçon, leur tendit la carte, posa trois verres d'eau et s'éloigna.

Les trois amies bavardaient en attendant qu'il revienne prendre la commande. Après avoir évoqué la représentation théâtrale de la veille, elles en vinrent inévitablement à parler de Pepper.

– Comment ça va, Lisa ? demanda Carole.

– Je suis triste… j'ai l'impression d'avoir un grand vide dans le cœur. Mais, d'un autre côté, je me sens soulagée, puisque Pepper ne souffre plus.

– Tu as fait ce qu'il fallait, dit Steph.

– Oui, c'est ce que tout le monde me répète,

mais il me manque déjà. Je n'arrive pas à croire qu'il soit parti, avoua Lisa.

– Moi non plus, dirent ensemble Steph et Carole.

Elles se turent un moment, puis Lisa reprit :

– J'étais tellement inquiète pour Pepper que j'avais complètement oublié notre projet de Thanksgiving. Rendre service, même si ça demande un sacrifice...

Après un instant de réflexion, elle murmura, les larmes aux yeux :

– En fait, j'ai trouvé un projet sans le vouloir...

– Tu as été la plus forte de nous toutes, dit Steph. Moi, je ne sais pas si j'aurais été capable de prendre une telle décision.

Et, levant son verre, elle déclara sur un ton solennel :

– À toi, Lisa !

– Oui, à toi ! répéta Carole.

– Merci, les filles, dit Lisa. Moi, je lève mon verre à Pepper.

– À Pepper ! reprirent Carole et Steph.

Se sentant à nouveau au bord des larmes,

Lisa changea vite de sujet :

– Alors, Carole, que s'est-il passé avec Veronica ?

– Oui, renchérit Steph. Ça fait quoi de vivre avec la reine de Willow Creek ? Elle avait amené ses domestiques pour le week-end ?

– Elle s'est plainte que les draps n'étaient pas en soie ? ajouta Lisa.

– Arrêtez avec ça ! s'écria Carole. Non, j'étais plutôt contente de l'avoir invitée. Veronica a été très sympa... jusqu'à tout à l'heure. Vous ne croirez jamais ce qu'elle a osé me dire après la mort de Pepper.

Carole secoua la tête. Elle était encore révoltée pour ce qu'elle avait entendu.

– Mademoiselle Veronica espère que Max lui permettra maintenant d'installer Typhon dans le box de Pepper...

– Mais pourquoi ? demanda Lisa, étonnée.

– C'est évident ! Le box du pauvre Pepper est plus grand, mais surtout plus près de la sellerie. Comme ça, elle n'aura plus que quelques mètres à faire pour aller prendre sa selle et la ranger.

– Cette Veronica, alors ! s'exclama Lisa. Plus flemmarde qu'elle, tu meurs !

Puis elle éclata de rire. Au fond, tout ça était ridicule. Steph et Carole, d'abord surprises par sa réaction, furent vite gagnées par le rire de leur amie.

– Whaou ! Ça fait du bien de rire ! s'exclama Carole en reprenant son souffle. Mais c'est quand même incroyable que la mort de Pepper n'ait pas fait plus réfléchir Veronica. Elle avait pourtant l'air émue. En tout cas, j'espère que Max ne lui cédera pas ce box.

– Tiens ! à propos de Max, fit Steph, je me demande comment ça se passe pour lui…

À cet instant, le serveur revint. Lisa commanda une crêpe à la banane, Carole des tartines grillées et du jus d'orange. Steph, la spécialiste des mélanges étonnants, déclara au jeune homme :

– J'aimerais une crêpe… une crêpe au froment avec du miel, du coulis de framboise, de la confiture de pêches, de la sauce à la menthe… Vous avez du chocolat fondu ?

Le pauvre serveur hocha la tête, écœuré.

– Alors, mettez-en une double portion. Ah ! et puis rajoutez des fraises et du sirop d'érable, bien sûr.

– Bien sûr, répéta-t-il avant de s'éloigner.

– Tu n'es pas gentille, Steph, dit Lisa.

– Au moins, chez Sweetie, la serveuse a l'habitude, intervint Carole. Mais elle fait tout de même une drôle de tête quand elle nous voit arriver !

– Quand je pense que mes frères osent dire que les garçons ont l'estomac plus solide que les filles ! s'exclama Steph en riant.

14

Le lendemain, au grand soulagement de Carole, les Angelo revinrent de Floride. Veronica pouvait donc rentrer chez elle. Carole devait admettre que, finalement, tout s'était bien passé. Son invitée n'avait pas demandé de caviar pour le petit déjeuner, comme l'avait méchamment supposé Steph. Max et sa mère devaient aussi être de retour dans l'après-midi. Lisa, Steph et Carole s'étaient donc fixé rendez-vous au centre équestre un peu avant leur arrivée. Les membres du Club du Grand Galop voulaient les accueillir pour leur annoncer la disparition de Pepper, et surtout pour être les premières à rencontrer la petite amie de Max.

Carole arriva une demi-heure à l'avance pour s'occuper de Diablo. En passant devant le box vide de Pepper, elle pensa à Lisa, à son chagrin. Il lui faudrait sûrement du temps pour s'en remettre.

Steph et Lisa rejoignirent bientôt Carole qui finissait de brosser son cheval.

— Tu viens, Carole, on va les attendre à l'entrée, proposa Lisa.

— Je termine et j'arrive ! fit-elle en donnant une tape amicale à Diablo.

Dès qu'elles entendirent le ronronnement d'un moteur, les filles s'élancèrent vers le portail. Max, au volant de sa voiture, remorquait un van à chevaux.

Il avait à peine posé le pied par terre que Steph fonça sur lui.

— Content de te voir, Steph, dit Max.

Remarquant sa bonne humeur, Carole en

conclut qu'il avait passé un bon week-end avec sa petite amie...

Lisa, quant à elle, prit une profonde inspiration avant de se diriger vers Max.

— Oh, voilà Lisa..., dit Steph, embarrassée.

— C'est ce que je vois, fit Max avec un sourire. Salut, Lisa.

— Bonjour, Max, répliqua-t-elle. Bonjour, Madame Reg. Je voulais vous dire... que Pepper...

Mme Reg posa une main sur le bras de Lisa.

— Nous sommes déjà au courant, dit-elle. Julie nous a téléphoné.

— Je sais, mais je tenais à...

Plus aucun son ne sortit de sa gorge.

— Tu n'as pas besoin de t'expliquer, intervint Max. C'est moi qui souhaite te dire merci.

— Pourquoi ? s'étonna-t-elle.

Hier, Lisa avait prévu de s'excuser auprès de Max. Elle pensait qu'il serait bouleversé et même en colère parce qu'elle avait pris seule la décision.

— Ce que tu as fait était très courageux, et très intelligent. Ça prouve que tu as du cœur.

C'est toi qui as pris la responsabilité de mettre un terme aux souffrances de Pepper. Tu as eu raison. On n'a pas le droit de laisser souffrir un animal.

Puis il se tourna vers Carole et Steph.

— Je dois aussi vous remercier. Je sais à quel point vous vous entraidez toutes les trois.

— Hé oui ! fit Steph en lui jetant un regard malicieux. Et vous, Max, comment s'est passé votre week-end ?

— Oh, je vous raconterai ça un peu plus tard. Je voudrais d'abord savoir comment vous vous êtes débrouillés ici.

— Bien, très bien. Vraiment..., dit Steph, frustrée.

— Où est Bob ? Je vais avoir besoin de lui.

— Il a profité de notre présence pour aller déjeuner, répondit Carole.

— Humm..., soupira Max en se frottant le menton. Bon, vous pourrez peut-être m'aider, après tout...

— À quoi faire ? le coupa Steph, pleine de curiosité.

– Ça peut attendre. Comment va Tempête ?
Sa blessure est-elle cicatrisée ?

– On ne la voit presque plus, répondit Steph
avec impatience. Max...

– Et Patch ? Il semblait avoir pris froid lors
de la dernière promenade.

– Julie l'a examiné. Tous les chevaux vont
bien, expliqua-t-elle un peu à bout.

– Vous avez fait courir Geronimo, j'espère.
Il est si nerveux...

Cette fois-ci, Stéphanie poussa un soupir
exaspéré :

– Ne vous inquiétez pas, Max. Tout va bien.
Même si la curiosité les démangeait tout
autant, Carole et Lisa essayaient de garder
leur sérieux. Steph était vraiment trop drôle
quand elle perdait patience !

– Bon travail, Steph ! conclut Max. Je
devrais partir plus souvent en vacances.

– Pas trop quand même, râla-t-elle. J'ai les
mains couvertes d'ampoules !

– Toi et tes ampoules, vous m'aurez vite
pardonné quand vous verrez qui je vous
amène.

– Qui ça? s'écrièrent les trois filles en chœur.

Max et Mme Reg échangèrent un regard complice.

– On la leur présente maintenant? lui demanda-t-il.

15

Les trois amies ne tenaient plus en place. Elles tremblaient d'impatience. Après quelques secondes de réflexion, Mme Reg répondit.

– Le moment est venu, mais j'espère qu'elles vont bien s'entendre.

– Avec qui, avec qui ? trépigna Steph.

– Vous allez nous présenter votre… euh… une jeune femme, Max ? lâcha Carole.

Et aussitôt elle devint rouge comme une tomate.

— De quoi parles-tu ? fit-il, perplexe.

Steph décida de jouer franc jeu.

— Elle parle de votre petite amie, Max. On est toutes impatientes de la rencontrer !

À ces mots, Max éclata franchement de rire.

— Où diable êtes-vous encore allées chercher ça !

Mme Reg trouva elle aussi la plaisanterie très amusante.

Les membres du Club étaient très gênées. Comme elle se sentait responsable de la situation, Carole s'expliqua.

— Je vous ai entendu par hasard au téléphone l'autre fois... Vous parliez d'une femme nommée Lillian. Alors on a pensé que vous alliez la voir pour passer le week-end ensemble et...

— Et vous croyez que je l'aurais ramenée dans un van à chevaux ?

— Euh... non, admit Carole, toute rouge.

— Je ne vais pas vous gronder pour cette fois, mes chères petites espionnes..., dit Max, avec un large sourire.

— Mais alors, qui voulez-vous nous présenter ? demanda Steph, qui n'en pouvait plus d'attendre.

— En fait, vous n'avez pas complètement tort. J'ai passé ces quelques jours avec une très belle dame, fit-il en se dirigeant vers la remorque.

— Oh, je comprends ! s'exclama Carole.

— Depuis que Geronimo est arrivé au Pin creux, je cherche une jument pour lui. Et je l'ai enfin trouvée.

Quand Max ouvrit la portière arrière de la remorque, Carole, Steph et Lisa découvrirent la nouvelle venue.

— On peut la sortir du van ? demanda Carole.

— Vous croyez que je vais la laisser enfermée là-dedans toute la journée ? À toi l'honneur, Carole, mais sois prudente. Après ce long voyage, il est possible qu'elle soit nerveuse.

Carole s'approcha prudemment du cheval en lui parlant tendrement.

La jument tourna la tête. Elle avait le cou mince et noble des pur-sang.

— Tu es splendide, murmura Carole en la détachant. Viens, je vais te montrer ta nouvelle maison.

Elle la sortit du van, tendit la corde à Max, puis se recula pour admirer l'animal.

— Whaou ! Elle est magnifique ! s'exclama Steph.

De toute beauté, la jeune jument, très vigoureuse, avait une robe noisette qui brillait au soleil. L'extrémité de ses pattes était blanche, et son front portait une petite tache claire en forme de point d'interrogation.

— Comment s'appelle-t-elle ? demanda alors Carole.

— Calypso. Elle vient d'une haute lignée de chevaux de course. Elle a gagné plusieurs concours...

— Elle ne court plus ? l'interrompit Steph. Pourtant, elle n'a pas l'air blessée.

— C'est une façon détournée de me demander comment j'ai pu acheter un cheval aussi extraordinaire, n'est-ce pas ?

— Oui..., fit-elle, embarrassée.

— Eh bien, tu as un peu raison, Steph. La belle Calypso a eu un petit accident lors de sa dernière course et, depuis, elle refuse d'entrer sur un champ de courses...

Mme Reg se mit à rire :

– Il ne vous dit pas tout ! La propriétaire de Calypso est une ancienne amie de Max, Lillian Shepardson. Ils ont fait leurs études ensemble. À l'époque, ils étaient même assez proches…

– Ah ! s'écria Steph, donc c'était bien vrai ! Vous avez aussi une petite amie…

– Vous savez, fit Mme Reg, Lillian est maintenant mariée et mère de cinq enfants ! N'approuvant pas que l'on parle ainsi de sa vie privée, Max mit fin à ces commérages.

– Bon, ça suffit ! revenons à Calypso. Il faut s'occuper d'elle.

* * *

Mme Reg regagna son bureau tandis que Max, suivi des trois filles, emmenait Calypso vers sa nouvelle maison.

– Où allez-vous l'installer ? demanda Carole.

À cet instant, Max s'arrêta.

– J'aimerais qu'elle prenne le box de

Pepper, répondit-il en regardant Lisa droit dans les yeux.

Inquiètes, Carole et Steph observèrent leur amie, restée muette. Peut-être était-il trop tôt pour que Lisa accepte qu'on remplace son vieil ami par un nouveau cheval ?

— C'est une très bonne idée, dit-elle en souriant.

Ses amies furent heureuses de sa réponse, mais surtout admiratives. Lisa affirmait une maturité qui leur manquait parfois.

— Bien, je vous confie cette beauté, ajouta-t-il en remettant les rênes à Carole.

Tout en brossant Calypso, les membres du Club se mirent à discuter.

— Je suis contente que Max installe Calypso ici. C'est toujours ça que Veronica n'aura pas, déclara Steph.

— Moi aussi, je suis contente, mais pas pour la même raison, dit Lisa.

— J'avais peur que tu ne supportes pas qu'un autre cheval occupe le box de Pepper, avoua Carole.

— Je ne vois pas les choses comme ça, objecta Lisa. Si Calypso a un poulain avec Geronimo, ça prouvera que la vie continue. Et il n'y a rien de plus beau.

— Tu as raison, rétorqua Carole. Mais nous devrions quand même faire quelque chose pour montrer à tout le monde qu'on aimait très fort Pepper.

— Moi, j'y ai pensé, hier soir… et j'ai eu une idée, fit Lisa, timidement.

— Laquelle ? demandèrent Steph et Carole.

Lisa, gênée, n'osait parler.

— Allez ! insistèrent-elles.

— Je… je vais demander à Max si on pourrait poser une plaque… sur la clôture du pré, à l'ombre du grand chêne où Pepper aimait s'abriter quand il faisait très chaud. On graverait son nom et « merci ». C'est tout.

— Ce serait super, murmura Carole, émue.

— Génial ! renchérit Steph. Comme ça on ne l'oubliera jamais ! Allons demander l'avis de Max !

— Euh… on ne pourrait pas attendre un peu ? demanda Carole.

— Pourquoi ?

– Nous avons enfreint une règle du Club…

– Comment ça ? répliqua Steph.

– Réfléchissez une minute ! Pensez aux chevaux ! On a été si occupées par Thanksgiving et tout le reste qu'on n'est pas montées à cheval depuis…

– Quatre jours ! finirent Steph et Lisa, les yeux écarquillés.

– On doit se rattraper !

– Oui, Madame ! s'exclama Steph. Sellons Diablo, Flamme et Comanche, et allons faire une longue promenade !

– Ça me va, accepta Lisa.

Quittant le box de Pepper – devenu celui de Calypso –, les trois amies s'élancèrent vers leurs chevaux.

FIN

Retrouve vite
le Club du

dans

TRICHERIES
AU CLUB

— Ça y est, claironna Steph, j'ai invité Phil!
Il m'a promis de venir.

— Et moi, dit Carole, j'en ai parlé à David.

— C'est super! lança Lisa.

Les trois inséparables du Club du Grand
Galop se rendaient au centre équestre du Pin
creux. Ce jour-là, Max Regnery, leur profes-
seur d'équitation, réunissait ses élèves pour
un cours théorique. La fois précédente, il
leur avait suggéré d'inviter de temps à autre
des amis intéressés par l'équitation. L'idée
avait tout de suite emballé Steph, ravie de
faire connaître le Pin creux à son copain Phil
qui partageait sa passion des chevaux, à

condition, toutefois, que Carole fasse venir David.

Carole avait rencontré David Nelson lors d'un concours hippique. C'était plutôt un beau garçon et il adorait les chevaux ! Ils avaient aussitôt sympathisé.

Inviter David au Pin creux était un excellent prétexte pour le revoir. Mais la jeune fille avait longtemps hésité. Après tout, même s'ils se téléphonaient très souvent, ils ne s'étaient rencontrés qu'une seule fois ! Et Carole était toujours un peu timide avec les garçons...

– David a accepté tout de suite, annonça-t-elle à ses amies. Il a même dit que rien ne pourrait lui faire plus plaisir !

– Ben voyons ! se moqua Steph. Il t'appelle trois fois par semaine ! Il n'allait pas laisser passer une si belle occasion !

– Oh..., murmura Carole, ça ne veut rien dire...

En vérité, elle espérait secrètement que

David ait envie de la revoir. Rien que d'y penser, son cœur battait plus fort...

— Si on allait voir la jument? suggéra Lisa.

— Bonne idée, approuva Steph.

Un poulain devait naître bientôt et tous les élèves du Pin creux attendaient cet événement avec impatience.

Dans son box, Myrtille semblait agitée. Elle souffla et secoua nerveusement la tête quand les trois filles tentèrent de la caresser.

— Elle n'a pas l'air très contente de nous voir, constata Lisa.

Steph haussa les épaules :

— Elle est de mauvaise humeur. Ce sont des choses qui arrivent à tout le monde, même aux chevaux.

— À mon avis, reprit Lisa, elle est inquiète. Elle sent que son petit va naître. Il faut prévenir la vétérinaire.

— Tout ce que je sais, moi, trancha Steph, c'est que, si on traîne comme ça, le cours va commencer sans nous !

Et elle entraîna ses amies hors des écuries. Lisa suivit le mouvement à contrecœur. Son opinion était faite : la jument allait mettre bas plus tôt que prévu. Ça l'énervait que personne ne s'en rende compte.

En entrant dans la salle de cours, les filles remarquèrent une pile de feuilles posée sur le bureau de Max. Steph se tordit le cou pour essayer de déchiffrer ce qui était écrit dessus.

— De quoi ça parle ? demanda Carole.

— Je n'en sais trop rien, avoua Steph. C'est quelque chose comme « Quid » ou « Quiz »…

Leur curiosité fut vite satisfaite. Dès son arrivée, Max distribua les paquets de feuilles. Sur la première page était inscrit le mot « Quiz ».

— Vous voyez, j'avais raison ! se rengorgea Steph.

— On se tait ! fit Max en la foudroyant du regard.

Puis il s'adressa à ses élèves :

— Ne vous préoccupez pas de ce qu'il y a là-dedans pour l'instant. Pliez vos exemplaires et mettez-les de côté.

— Mais ça sert à quoi? lança Steph.

Son interruption lui valut un nouveau coup d'œil mécontent de Max.

— Je vais vous l'expliquer si on me laisse parler, reprit-il. Ce quiz est destiné à tester vos connaissances sur les chevaux. Vous allez d'abord réviser en étudiant ces documents. Ensuite, le jour dit, je vous poserai diverses questions, notées de 1 à 4. Ce sera à vous de définir le degré de difficulté souhaité. Si vous choisissez le niveau 3, il vous faudra fournir trois éléments de réponse. Par exemple : « Nommez les différentes parties du pied d'un cheval. »

— La paroi du sabot, la sole et… la fourchette…, énuméra Steph, tout excitée.

— Exact, dit Max, moqueur. Mais comme le quiz n'a pas commencé, tu viens seulement de souffler à tout le monde une bonne réponse !

Il poursuivit son explication. Il était permis de se limiter à des questions faciles. Mais ceux qui voulaient gagner avaient intérêt à marquer le maximum de points.

— Voilà, conclut-il. Vous n'avez plus qu'à vous mettre au travail. Le quiz aura lieu ici même, dans quinze jours.

— Dans quinze jours !

Steph et Carole échangèrent un coup d'œil affolé : c'était précisément le jour où elles avaient invité leurs copains ! Carole sentit son estomac se nouer. Elle avait très envie que David vienne au Pin creux. Mais en sa présence elle risquait de perdre ses moyens et de rater le test. Elle craignait plus que tout de le décevoir. S'il la trouvait stupide, il ne voudrait peut-être plus la revoir ? Et si elle l'appelait pour annuler ? Elle dirait que le cours était remplacé par une randonnée...

« Non, ce ne serait pas sympa de ma part »,

se dit-elle. David serait sûrement très inté-
ressé par ce quiz. Tant pis si elle avait le
trac ! Elle réviserait, voilà tout !

— Qu'est-ce qu'on va faire ? lui chuchota
Steph.

Carole se pencha et lui glissa à l'oreille :

— On va gagner !

— Très bon plan ! approuva Steph d'une
voix un peu trop forte.

— Quelque chose ne va pas ? demanda Max
en haussant les sourcils.

— Je voudrais poser une question, prétendit
Lisa, venant au secours de ses amies. Nous
sommes allées voir Myrtille avant le cours et
elle semblait agitée. Est-ce que ça signifie
qu'elle va avoir son poulain ?

— Pas forcément, répondit Max. Julie Barker,
la vétérinaire, l'a examinée hier et tout était
normal. Elle doit revenir cet après-midi.

— Pourtant, insista Lisa, je sais que les
juments sont souvent nerveuses avant la
naissance de leur petit.

— C'est un signe, c'est vrai. Il y en a d'autres. Qui peut me les rappeler ? demanda Max en s'adressant à toute la classe.

Diverses réponses fusèrent, et toutes étaient exactes.

— Vous voyez, conclut Max, cette question-là est plutôt complexe. Chaque jument réagit à sa façon. En fait, tant que les contractions n'ont pas commencé, on ne peut être sûr de rien.

Lisa de renfrogna, vexée. Toujours première de sa classe, elle était parfois susceptible. Elle savait, elle, que le poulain allait naître avant terme. Dans quelques jours, ils seraient bien obligés de reconnaître qu'elle avait eu raison !

Le cours terminé, Lisa se dirigeait vers la porte quand elle entendit Max l'appeler. Il retint aussi une autre cavalière, Anna Grover, une toute jeune élève de huit ans.

Lisa s'attendait à ce que Max lui parle de la

jument. Elle se trompait.

— J'aimerais vous faire travailler toutes les deux sur un projet, dit-il. Je vais commencer un programme où les aînés encadreront les plus jeunes, et vous allez le tester.

Flattée d'avoir été choisie, Lisa oublia aussitôt sa rancœur.

— Il s'agit de l'attelage des poneys. C'est passionnant et je n'ai jamais le temps de vous en parler. Lisa, j'aimerais que tu lises ceci… Il lui tendit un livre de poche.

— Tu l'étudies à fond et tu expliques à Anna comment s'y prendre. Le poney Nickel et un attelage sont à votre disposition. Dès que vous aurez assez d'entraînement, vous pourrez organiser des promenades en carriole. Dans dix jours, vous nous ferez un exposé suivi d'une démonstration devant l'ensemble des élèves.

Anna ouvrait des yeux fascinés. Mais Lisa avait d'autres choses en tête : le quiz à préparer, le poulain qui allait naître…

— Lisa ? l'interrogea Max, surpris de son silence.

Impossible de refuser !

— D'accord, fit-elle en jetant un vague coup d'œil sur le livre qu'elle tenait à la main.

Elle le feuilleta sans conviction. Les illustrations montraient une toute petite fille harnachant un poney et menant un attelage. Bon, ça ne semblait pas sorcier, finalement. Anna saurait sûrement se débrouiller.

Découvre vite la suite de cette histoire
dans
TRICHERIES AU CLUB
N° 605 de la série

GRAND GALOP

GRAND GALOP

Impression réalisée sur CAMERON par

BRODARD & TAUPIN

GROUPE CPI

La Flèche
en mai 2003

Imprimé en France
Dépôt légal : septembre 2002
N° d'impression : 18924